BRISEMENTS

ELISABETH JOULIN

BRISEMENTS

Collection

« à l'écoute des sources »

EDITIONS SAINT-GERMAIN-DES-PRES

68, rue du Cherche-Midi - 75006 Paris

édition originale

BRISEMENTS

I

INTÉRIEURS

Le soir, parfois, les trottoirs s'immobilisent
devant mon visage;
le hasard baigne mon cerveau,
les ombres changent de couleurs.
Une chanson douce naît sous mes cheveux

Moi aussi j'ai voulu un cheval noir
pour galoper la vie
et j'ai cherché une corde
pour attraper des rêves.

⁂

Les rues sont vides, il n'y a rien à faire.
Le vent est tombé.
La lune est là.
J'ai envie de visiter un cimetière
tant mon cœur est calme.

Des ombres au loin
ont les lignes adoucies de l'absence
et il me vient comme une nostalgie
qui m'alourdit le regard.

Il me faut poursuivre,
imaginant entrer vivante dans mon rêve,
entrer dans le silence,
les mouvements venus de la mer...

Y en las calles van andando,
van muertos, muertos que me matan.
Una estrella se ha perdido en mis ojos,
por eso me duelen.
La mirada se va
allende el horizonte
y en llantos caen las palabras.

⁂

Ce regard figé sur les heures
me paralysait; et mon imagination seule
se tordait sur les ombres
d'une bougie.

Ma chatte
tu me rappelais un monde lointain;
des souvenir inconnus battaient à mes tempes.

Il y a du silence et la nuit s'agrandit encore.
La ville s'enfuit, tout s'écrase.
Le regard affolé appelle l'horizon,
mais la nuit s'agrandit encore.
Les nombres sont morts.
L'étang ne frissonne pas.
Le corps de l'autre disparaît.
Le regard aveugle de fièvre ne découvre que l'infini.

Alors je pars.
A chaque tourbillon, à chaque parfum de fleurs, dans le moindre mouvement de paysage, et sur les mots même, je m'embarque en sachant n'aller nulle part.
Les heures de la nuit m'occupent d'étrange et angoissante présence. Le froid m'enferme dans une danse inerte de pensée arrêtée. Je veux aller au-devant de la douleur - je sais bien qu'elle ne fuit jamais. Je veux être putain, pour mieux pleurer une pureté piétinée. Je veux tuer d'amour, cracher d'alcool.
Un nuage de lilas pèse sur mon cerveau et je pleure à ce parfum de rêves lourds.

Les lumières de la ville m'obsèdent;
elles ont tué la nuit.
Silence de ma bouche, je sais ce cri
que tu caches derrière toutes les musiques.

Quand la pluie et le vent transforment mon pays en un rêve romantique, et que de tristes héros bouleversent mon chemin, ma mémoire se trompe d'histoire parfois et se perd dans de drôles de paysages.

Paysages de lunes martyrisées
où s'ennuient des oiseaux sans arbres
et dont l'absence de regard immobilise
la poussière lugubre
qui avale le vent
perdu au détour d'une planète.

Paysages de bouteilles en miettes.
Une ombre passe
qui me prend la main;
et de danses grotesques en pas de crapaud
le chemin s'écoule.
Jusqu'où ira-t-il ?

Des rigoles grelottent
au creux de la main.
Sous les yeux enflammés
des navires lèvent l'ancre pour des maelströms brumeux
qui tourbillonnent d'un autre côté de la terre.
Des parfums de lilas entre les vagues
rappellent le souvenir déserté;
l'exil toujours, au creux de chaque terre,
se nourrit de l'espoir
et boit longuement l'âme.

Il y a des ombres sur les murs,
d'où viennent-elles ?
Les toits s'inclinent comme pour disparaître.
La nuit s'est posée sur la ville
en lumière orange.

Les tombes livrent des mots oubliés.
Les miroirs se regardent
abandonnés.
Quand fera-t-on l'amour dans les cimetières
avec des ombres inquiétantes ?

Sous les orangers coulent des frissons à noyer dans les tavernes. Les toits s'envolent quand on lève la tête. Et quelles sont ces ombres de pendus qui effleurent les pas quand nous cherchons nos traces sur les pavés heurtés de nuit ?

L'eau monte en vagues cyniques. Il s'agit d'effacer notre rire. Les oiseaux se réveillent pour mieux entendre nos cris. La bouche ouverte contre la peur engloutit des torrents de lumière.

Les autres défilent,
c'est à peine si je vois leur visage.
Mais parfois le courant s'arrête
au milieu du silence.
Un gouffre s'ouvre.

Où donc étaient mes regards ?
Il y a bien longtemps, j'ai cru apercevoir
des lueurs entre les arbres.
Le soir tombe. Il n'y a que les étoiles.
Par où gagne-t-on la mer ?

⁂

J'ai voulu aller au-delà
pour - pensai-je -
me cogner aux étoiles.
Mais je voyais mon regard
dépeuplé de siècles de souvenirs.
Je voulais des galeries sans fin
aux voûtes ferventes.

Un corps passé rencontré
s'est perdu doucement
dans le néant de l'extérieur.

L'eau qui passe oublie le reflet des hommes
et un vent muet efface les cris.
Il reste les nuages, à regarder sans espoir.
La pluie n'intéresse plus
et les prières sont mortes.
Le monde voudrait être vide,
des fantômes marchent sur les fleurs
et empêchent de dormir.
Les dieux se sont enfuis
et perdus,
jamais rappelés.

⁂

Il faudrait un caveau bien sombre
et transparent
pour fuir le temps !
Un merveilleux caveau lunaire
pour fuir la terre et les racines des arbres.
Echapper à l'éternel recommencement !
Inventer la fin...
Mettre au monde le néant.

Des lunes jouent.
Il y a quelqu'un à côté de moi.
Je m'en vais quand les nuages s'assombrissent.
Tout s'harmonise ce soir;
l'ombre qui me suit
- je sens son regard -
ne me fait plus peur.

II

BALADES

Un soir d'absence à senteur de lune perdue. Errante, l'eau chuchote aux nénuphars la complainte des doigts fragiles. Une grenouille de pierre sur un crâne vide livre une grimace de jour agonisant.
Un corps se lève et avance; mais ses mains sont vides et inertes. Et il retombe bientôt pour se décomposer en absence.

⁂

Ton corps, comme un cheval haletant,
parlait de grands déserts blancs,
et je portais un anneau de lune au doigt.
Sur ton ventre endormi
reposait une ceinture de nuit pâle,
et sur un cheval je fuyais dans le désert.
Un parfum de lune
baignait tes yeux clos,
et dans une forêt odorante, moi, je pleurais.

Dort au fond d'un rêve
un parfum nocturne de jasmin

Tu descends dans ma tête
jusqu'au bord de la rivière
jusqu'au bord de moi

Toi qui as vu mes larmes
je te veux mort de mon amour

Tu flottes dans ma tête
sur une eau d'obscurité
sur l'eau de mon ventre

Toi qui as entendu mon cri
je te veux écrasé de ma douleur

Tu gis dans ma tête
sur une couche de lilas
sur ma couche ensanglantée

Toi qui as partagé ma peur
je te veux enchanté par la mort

Ton front plissé comme l'étang sous le vent
m'envahissait de vapeurs absurdes.
J'aimais tes doigts de roseaux.
Ton ventre était la plage au loin
où mes rêves m'endormaient
sous la lune...

Et je réveillais dans tes yeux
un morceau de lune
comme un poignard en feu.

Ma pensée qui s'écroule en face de vous

Des tombées de neige se figent,
bien au-delà du regard.
Les corps s'enterrent sous le vent.

Un parfum de jasmin flotte au-dessus des tombes.
Quelle désolation de fleurs
dans mon souvenir qui vous fuit !

Des yeux de chat me ramènent chez moi,
je secoue la poussière
de mon cerveau qui se perd.

Votre corps est là ? Que m'importe, soudain.
Je mords le nuage qui passe dans mes yeux,
et ce n'est plus vous.
Mon regard vous traverse pour aller
où il doit, dans un monde que j'ignore
- mais que je sais -, bien au-delà de vous.

III

ITINÉRAIRES MARINS

Un jour, mes amarres craqueront.
Les vents, aux yeux pleins de larmes,
aux cheveux poisseux des vapeurs de la mer,
entraîneront un grand oiseau noir.

Meina, ma petite vie,
nous avons voyagé ensemble,
d'étoiles filantes
en creux de vagues;
nous avons ri
de prairies en rivières,
pour voir,
voir jusqu'où l'on pourrait suivre un chemin.

Meina, mon rêve d'enfance,
mes souvenirs bâtis
de livres en livres;
mes souvenirs
de prairies en larmes,
de rivières englouties,
de chemins tombés dans la mer
au détour d'une étoile...

Long temps perdu pour voir le nom d'une vaste chanson...
Comme des voiles, les cheveux écroulés des vagues
couvrent le pont. Où vas-tu,
regard-maison ?
Tu te souviens
des longs chemins brouillés à tâtons;
tu penses peu à peu au voyage.
Souviens-toi, la pluie meurt dans le port...

Des lames de mots ravagent ta mémoire.
Comment te défaire ?
Pour quelle pureté d'horizon rêvas-tu de partir
la tête noyée de vapeurs amères ?
De quel monde vint ton imagination ?
Ta mémoire en lambeaux cherche une sortie
parmi les détritus des âmes égarées.
Serait-elle entre tes larmes ou bien tes cris ?
Mais les larmes empestent l'alcool
et les cris ne rappellent-ils pas tous les corps accueillis ?

Les ports d'où tu pars disparaîssent engloutis
et les ports où tu tentes de débarquer
s'évanouissent
en brouillard où tu perçois des odeurs d'alcool,
des traînées de larmes,
tandis que d'étranges souffles déjà
font gémir les voiles.
Tu as vu tant de mirages sous la mer...
Parfois, la nuit reposait tes yeux,
en une main fraîche posée sur ton cerveau.
Tu comprenais alors
ta recherche et ta fuite :
une si douce oasis sous la mer...

La musique est
elle seule
et le bruit des vagues
infiniment

Immense cerveau qui se meurt

⁂

Les bateaux partent
sourds.
Il pleut.
Le ciel est un cri.

Mais les cris ne montent plus au ciel
ils s'enfoncent
et s'enterrent
sous des fleurs séchées.

La mer déserte s'agrandit sous mes yeux atterrés. Je me tâte le cœur en désolation. Les vagues s'éteignent dans le vent qui passe. La houle n'est qu'un rêve qui s'endort quand je m'éveille. Des mouvements de terre m'emplissent la bouche de mort; et l'espace soudain se rétrécit pour m'écraser, même quand mon regard s'éloigne.

Un soleil tourne dans la mousse molle de l'air.
Le vent est si faible qu'on le voit.
Les deuils chantent en noir et blanc.
Un noyau de cerise, comme une perle desséchée,
est là, avec la tristesse d'une larme oubliée.
La distance est si lourde
quand le vent se lève,
que je confonds mes yeux avec les nuages.

⁂

Tandis que je marche
ma peur se cogne aux tombeaux.

J'ai rêvé une lumière comme au fond d'un caveau, une odeur de squelette en mouvement. J'ai soulevé le couvercle du cercueil et j'ai descendu des marches.

La mer n'est plus.
D'un pôle à l'autre, je me balance.
Les navires se sont échoués;
des arbres écroulés inventent un horizon
qui transperce.
Il neigeait ?
Des vagues au ciel font le monde à l'envers;
des déserts de pierres avancent :
le seul mouvement du monde
est un bruit de cailloux !
Des arbres échevelés ricanent
entre les voûtes douloureuses des églises.
Où poser le regard, ma vie ?
Quel deuil universel contemples-tu ?

L'air se tait
et le vide est obscène.
La vie ne peut aller plus loin.
Le temps est arrêté.
L'arbre tombe
et le dernier bruit s'engouffre dans l'éternité.

IV

LE PARTAGE DES MONDES

Couchée entre des rochers, corps fait mollusque alimentant des algues diverses et d'étranges bêtes marines.

Où est ma pensée ? La livrer ?

Il n'y a plus rien à dire. L'imagination n'en peut plus. Le cynisme demande trop de forces. Sans doute l'homme n'est-il pas une richesse inépuisable.

Où êtes-vos mes délires qui couriez par les rues en
farandoles felliniennes ?
O Laure, ma sœur, mangeons de la terre
pour étouffer nos cris !
Ni archange ni putain;
l'extrême n'est qu'un torturant désir.

En fuite parmi des figures de perdus pleurant.
Des voiles immenses se déchirent en fantômes obsédants.
Des corps se rebellent et puis se couchent avec douleur.
Alors la vue se résigne.

Ton corps aimé se mêle à d'autres,
en images maudites
qui me serrent encore une fois le cœur.
Des rondes s'absorbent magiquement
dans des cris lointains
qui dévorent jusqu'à l'anxiété.

Des arabesques, vraies, fausses, pointues, adoucies,
en mal de signification
Des gouttes de sang s'étalent, en rond, en carré,
en long, en large

Au loin, des arbres, la mer ou la terre
mais ici, des bribes de cervelle malade

Deux yeux, deux oreilles
Deux cœurs
Deux mains, deux histoires
Deux cerveaux pour deux pensées
et un sexe pour faire comme si
et peut-être y croire
parfois

⁂

Cavafis a écrit
quelque part :
tu ne trouveras pas d'autre terre ni d'autre mer

il n'y a pour toi
ni chemins ni bateau

Des oiseaux écartelés
peuplent ton sourire.
Parfois, quand tu te regardes,
des vols mystérieux
s'emparent de tes cheveux,
de ta bouche,
de ton corps,
dans un espace étranger
d'obscurité transparente
où ils s'évanouissent
et il ne reste que la conscience
de ton âme en suspension.

Tu n'es pas d'ici
et ton regard se détache
au-dessus des visages avides
de s'assurer de l'horizon;
tu sais
que l'homme est une erreur monstrueuse.

Pourtant la terre est odorante
après la pluie;
un vent, un mouvement des blés n'éveille-t-il pas
une résonance dans ta mémoire
qui s'était arrêtée ?
Une odeur de l'air emporte
un souvenir imprécis
vers une immensité
qui ressemble à la mer quand elle se fait lisse.

Tu as perdu une voix
que tu crois ne pouvoir retrouver
ni dans les cris que tu n'oses lancer,
et ton désir se cogne aux murs
de l'humain
quand il sait l'infini,
et ton âme s'enterre.
Le temps presse et t'asphyxie.
Le passé est un lieu invisible
que l'on réinvente pour toi.

Mais tu sais qu'au bout de ton regard,
au fond de ton souvenir d'ailleurs,
il reste un haut plateau inerte et vide
sous le ciel.
Tes deux mains, du ciel à la terre,
t'unissent à l'univers.
Tu es l'univers.

Les fenêtres se mentent. Seule la fixité du ciel ne trompe pas. Mais où la voir ?
Non pas les croix, mais l'âme tendue. Non pas les églises, mais le désert.
Absorber les étoiles et embrasser les cailloux.
Les chemins sont à détruire, qui racontent des histoires et marchent pour passer le temps.
Que le néant soit le tout dans l'âme avide et le silence les mots enfin purs.
Nous avons crié contre les murs pour atteindre le ciel; il nous fallait partir au plus vite
pour des régions neuves
que nul n'atteindrait
par leur transparence.
Les arbres seraient clairs et mon enfant embaumerait comme des fleurs vivantes. L'eau elle-même donnerait des lumières à nos yeux qui apprendraient
la nuit et le jour.
La lune s'agrandit et la rivière s'étend sous les étoiles.
Nous avons crié contre les murs et notre âme transperçait les mots.
Maintenant, tous vos noms et les noms du monde et les noms de Dieu s'évanouissent. Les mots même ne savent plus, honteux, quoi mentir.

La chambre est vide. Dans la pénombre, un bouquet s'est figé; les livres sont muets, les murs effacés. Ses mains pareilles à des fantômes livides tentent une rencontre. La chambre est sombre et sa pensée - tache sur le mur - se dérobe. Une feuille blanche impuissante ne peut la retenir. La chambre est lourde.

Sur la photo, une colline expose, de l'autre côté du fleuve, des cyprès de rigueur et d'indifférence. Sur les hauteurs desséchées, ils s'accrochent à la terre ingrate et répugnante et mobilisent le regard par une ligne idéale de désir qui jamais - s'amincissant, s'amincissant - n'atteindra le ciel vide.

Le soleil se couche derrière une île
sur la mer.
Je vois l'eau transparente
et mon regard est seul,
sans ombre.
Je te donne ma chanson en pleurs
qui me lave infiniment
de tous leurs regards et de tous leurs mots.

Les arcs de l'Alhambra
peuplent une vision démesurée
dans un passé étrange
qui n'est peut-être pas à moi.

Un jeu de lumières dans les herbes
et les oranges mûrissent.
Un étang s'immobilise,
des montagnes dénudées se déchirent.
Dans quel pays se trouve le regard ?
Quelle soif effondre l'âme ?
D'étranges odeurs réapparaissent,
                    des souvenirs de mort.
J'avale l'eau puante du port,
arrêtée.
Je m'écroule hors du temps

Des rituels d'eau m'ont façonnée.
Des souffles puissants m'habitent
puis me délaissent
en une paix épuisée et pâle.
De troubles divinités m'exaltent.
Les hommes m'abattent
et me sourient.

L'eau s'arrête dans le soir.

Ma folie rôde;
que vais-je choisir ?
Je me tords dans les pensées.
Je dis ton nom et je te crée;
je te peuple,
je m'embarque,
je bois.

L'automne soulève
des parfums sous les feuilles,
des étangs inventés
te ressemblent
et des marches infinies
te sondent.
Des montagnes pleines de secrets
t'emportent.
Le temps nous détruit.

L'eau tombe
et je suis musicienne,
le vent se lève et je prie.
J'ai créé le monde,
j'ai fait bouger la mer.
L'homme est à moi,
ses caresses sont des mots;
l'enfant est bleu comme dans un livre.
laissez-moi, j'ai tout tué
et vous n'avez rien compris.

Des flots battent en moi.
Des racines, dans un coin de terre,
m'ont arraché des lambeaux de chair,
et toute ma vie.
Je ne reviendrai pas. J'ai ouvert la terre.

Il existe dans mon âme
une vision gelée et transparente
qui efface
les horreurs visqueuses de la nuit.

Une blancheur stérile
étend sa violence impassible
sur des souvenirs de désirs
à fuir.

Des colonnes inertes
peuplent l'air glacial
et traversent l'épaisseur
de la sueur.

Il existe une étendue
d'air, de pierres,
de glace,
vide.

Un lilas en fleurs
parmi les glaces
étend son parfum corrompu.
Des rêves s'élèvent
dans le désert
et perdent l'âme.
La chair est triste
et se lamente,
cherchant entre les pierres
un impossible objet
à détruire.
Un miroir renvoie
une image inutile
- reflet d'un rêve -
toujours la même,
qui se connaît trop.

Comme un roc étoilé
ton crâne éclaté
éparpille mes larmes
et me transforme en désert.
Ton sang coule dans ma vie,
ta souffrance s'infiltre
par le trou des serrures.
Je crie dans mes nuits
sans réponse.

Je ne veux pas savoir où habiterait l'oubli.

V

STAGNATION

Il y a des lieux, n'est-ce pas,
où l'horizon se dévoile,
où les lames de la mer
nous parlent
et les pierres reflètent
des mots verts ?

Il faut que tu répondes à cela,
que tu dises le flottement de l'espoir
ailleurs.

Je ne suis déjà plus là
et tu te tais.

Eperdus dans les vagues
sous les grands bateaux noirs
pourrons-nous traverser la mer ?

Thalassa
tombe
rompt la neige
étalé étoilé
le ciel tombe

en plainte de violons d'abord

échos de coquillages

adoucie
la chute
aspirée aspirée
tombe

encore

des tourbillons d'eau d'étoiles fils tournant
bruits
bruits
échos
aspiration

Des oiseaux magiques entre les portes
et les fouillis des herbes qui s'éclairent
il y a des couleurs partout

Alors pourquoi une telle fatigue de l'âme ?

Des lueurs sombrent et coulent
au fil des yeux aveugles
qui renoncent

⁂

tout est blanc
on croit que les arbres vont crouler
mais ils se dressent
fins fiers
humbles sous leur poids
purs totalement
de leur nudité soulignée

Déchirée la nuit
par la pensée en dents de scie,
pauvre cocon meurtri.

Effondrée l'île
légère et odorante -
refuge d'un espoir de vie ?

Les lumières partout
font le siège du repos
et hurlent dans les cerveaux
lacérés.
Les fenêtres s'empilent,
des murs ferment
toutes les issues,
les rues se mordent la queue.

Les villes inondent l'espace.
L'air est lourd
et souffrant.

Seuls, parfois, une musique,
des mots dans un livre,
attirent les yeux vers un horizon
immense
et offrent au corps le lent flottement
d'une eau vivante.

"Une lettre que je m'adresse
parle d'yeux suicides et cruels"
(*José Angel Valente*)

Tu as dit de pesants tourbillons vacillent
Dans une chambre sous les toits -
et moi je dis cercueil sous la terre.

Qui déterrera le cœur du corps desséché ?

La douleur est une toile tendue;
que veulent rejoindre les mots ?
Le poids de l'absence ?

Le parfum des mimosas peint le bleu du ciel;
mais dessine aussi une chambre sous les toits...

parce que la fatigue naît de chaque goutte de pluie,
que les ondes longues d'un vent toujours craint
se coulent sous la peau rétrécie,
les mots des autres hérissés de seringues
défont le difficile équilibre d'une musique du sud;

parce que des linceuls salis effraient la pauvre âme
les cordes de la guitare s'effacent dans l'alcool;
triste voix qui abdique;
les mouchoirs sont rangés - attendant d'autres départs ?
Longue longue fêlure

Silence

Achevé d'imprimer
sur les Presses
de l'Imprimerie Poutret
28100 DREUX

Dépôt légal Septembre 1987

I.S.B.N. : 2.243.02947.2 - N° d'Editeur : 3855